Robert Louis Stevenson

**Adaptação para neoleitores
a partir do original em inglês:** Pedro Gonzaga
Revisão técnica: Pedro Garcez
Supervisão: Luís Augusto Fischer

O médico e o monstro

Versão adaptada para neoleitores

Texto de acordo com a nova ortografia.

NOTA EDITORIAL
Esta edição foi baseada na versão integral do texto de Robert Louis Stevenson. O texto original foi reduzido em tamanho, e a linguagem foi adaptada para um público específico, o de neoleitores, segundo critérios linguísticos (redução do repertório vocabular, supressão ou mudança de pronomes, desdobramento de orações, preenchimento de sujeitos, etc.) e literários (abertura de capítulos, desdobramento de parágrafos, reordenação de informações no tempo e no espaço, ênfase na caracterização de personagens, etc.) que visam a oferecer uma narrativa fluente, acessível e de qualidade.

Concepção e coordenação do projeto: L&PM Editores
Equipe editorial: Ivan Pinheiro Machado, Paulo de Almeida Lima, Lúcia Bohrer, Caroline Chang, Janine Mogendorff, Mariana Donner e Emanuella G. Santos
Capa: Marco Cena / Cena Design, sobre ilustração de Gilmar Fraga
Revisão: Elisângela Rosa dos Santos e Fátima Ali
Ilustrações: Gilmar Fraga
Mapa: Fernando Gonda
Adaptação para neoleitores a partir do original em inglês: Pedro Gonzaga
Revisão técnica: Pedro Garcez
Supervisão: Luís Augusto Fischer

CIP-Brasil. Catalogação na Fonte
Sindicato Nacional dos Editores de Livros, RJ.

G651m

Gonzaga, Pedro
O médico e o monstro: versão adaptada para neoleitores / Robert Louis Stevenson; adaptação para neoleitores, a partir do original em inglês [por] Pedro Gonzaga; revisão técnica Pedro Garcez; supervisão Luís Augusto Fischer. – Porto Alegre, RS: L&PM, 2011.
56p. : il.   (É só o Começo)

Adaptação de: The Strange Case of Dr. Jekyll and Mr. Hyde / Robert Louis Stevenson
Apêndice
ISBN 978-85-254-2359-7

1. Ficção escocesa. I. Stevenson, Robert Louis, 1850-1894. II. Título. III. Série.

11-3301.   CDD: 828.99113
                            CDU: 821.111(411)-3

© desta edição, Newtec Editores, 2011

Todos os direitos desta edição reservados a Newtec Editores
Rua Comendador Coruja, 326 – Bairro Floresta
90.220-180 – Porto Alegre – RS – fone: (51) 3225.5777

PEDIDOS & DEPTO. COMERCIAL: vendas@lpm.com.br
FALE CONOSCO: info@lpm.com.br
www.lpm.com.br

Impresso no Brasil
Inverno de 2011

Este livro que você tem nas mãos é um convite. Um convite para viajar através de histórias de homens e mulheres que tiveram ideias e ideais, que amaram e sofreram, como você e todos nós. São homens e mulheres inventados a partir da observação da realidade, pela imaginação do escritor.

Você está sendo convidado a caminhar com esses personagens e a compreender os dramas que eles viveram, as escolhas que fizeram para encarar a vida. Pode ser que em alguns momentos você encontre semelhanças com algo que você já viveu ou sentiu; em outros momentos, tudo pode parecer novidade, porque esta história acontece num tempo bem diferente do nosso.

Sugerimos que você mergulhe na história, imagine o cenário e a época dos fatos narrados. Você pode se colocar no lugar dos personagens ou simplesmente acompanhar a história, para entender os destinos dessas vidas.

O texto que você vai ler foi adaptado numa linguagem mais simples, para você ler com mais facilidade. Para ajudar, aparecem ao longo do texto algumas notas históricas, geográficas e culturais. Você também vai encontrar, depois da narração, ideias para pensar, conversar, debater, escrever. E ainda sugestões de outras leituras, de filmes e até de sites na internet.

Nosso maior desejo é que você leia e goste de ler. Que discuta as ideias do livro com amigos, colegas, professores. Que você aproveite e conte esta história para alguém. Ou que simplesmente experimente o puro prazer de ler.

Que este livro seja seu companheiro no ônibus ou no metrô, indo para a escola ou o trabalho, em algum momento de descanso na sombra de uma árvore, em casa ou no banco da praça. E que ajude a construir na sua imaginação outras histórias.

Boa leitura. E que esta viagem seja só o começo de outras!

ÍNDICE

Sobre *O médico e o monstro* / 5
Personagens do livro / 6
Locais da história / 7
O médico e o monstro / 9

CAPÍTULO 1
A história da porta /9
CAPÍTULO 2
À procura do Sr. Hyde / 12
CAPÍTULO 3
Dr. Jekyll estava bem tranquilo / 17
CAPÍTULO 4
O assassinato de Carew / 18
CAPÍTULO 5
O episódio da carta / 23
CAPÍTULO 6
O incrível incidente com o Dr. Lanyon / 26
CAPÍTULO 7
O incidente na janela / 30
CAPÍTULO 8
A última noite / 31
CAPÍTULO 9
A história do Dr. Lanyon / 40
CAPÍTULO 10
A explicação completa do caso / 44

Depois da leitura / 53
Para pensar / 53
Para saber mais / 55

SOBRE O MÉDICO E O MONSTRO

Chamado originalmente *O estranho caso do Dr. Jekyll e do Sr. Hyde*, mas no Brasil conhecido por *O médico e o monstro*, este famoso romance conta uma história terrível, narrada com muito suspense. (Se você não quiser estragar a surpresa da leitura, pare de ler aqui mesmo e vire a página!). Um médico famoso e rico, Dr. Jekyll, faz pesquisas científicas que não são bem-vistas nem por colegas de profissão, como o Dr. Lanyon, nem pelo advogado e amigo Utterson. Essas pesquisas conduzem o médico a uma mudança em seu próprio corpo: ele se transforma em outra pessoa, bem diferente, com outro temperamento. Mas ninguém, antes do final, sabe que o Sr. Hyde e o Dr. Jekyll são a mesma pessoa, e isso porque o romance é contado como uma investigação policial, a partir do encontro do advogado Utterson com o assustador Sr. Hyde, numa pequena rua de Londres. A história logo se tornou famosa por conter suspense e terror, elementos que sempre chamam a atenção dos leitores. Tanto impacto causou que o livro logo foi adaptado para o teatro e para o cinema (assim que este surgiu). No caso da história do Dr. Jekyll e do Sr. Hyde, Stevenson explorou um aspecto da psicologia humana até então pouco abordado – a divisão interna do indivíduo, ou o fenômeno da personalidade múltipla.

ROBERT LOUIS STEVENSON – Nascido na Escócia, em 1850, e falecido em Samoa, no Pacífico Sul, em 1894, Robert Louis Stevenson foi um escritor capaz de inventar grandes histórias e pelo menos dois clássicos da literatura ocidental. Um é *O médico e o monstro*, originalmente publicado em 1886 (o outro é *A ilha do tesouro*). Menino de saúde fraca, Stevenson não pôde seguir a profissão do pai, engenheiro, como era o desejo da família. Estudou Direito e depois de formado mudou-se para Londres, então uma das duas maiores e mais importantes cidades do Ocidente. Casou-se nos Estados Unidos, viajou pela Europa e acabou vivendo os anos finais de vida numa ilha paradisíaca. Tuberculoso, foi internado para tratamento algumas vezes, mas acabou falecendo da doença. *O médico e o monstro* deu ao autor uma fama imediata.

PERSONAGENS DO LIVRO

Gabriel John Utterson – Advogado conhecido pela seriedade, é o responsável pelo testamento do Dr. Jekyll. Ele é uma espécie de investigador para o estranho caso do Dr. Jekyll e do Sr. Hyde, em que atua visitando pessoas e tentando descobrir a verdade por trás da misteriosa relação do Dr. Jekyll com o terrível criminoso, o Sr. Hyde.

Richard Enfield – Amigo de Utterson, é testemunha da aparição do estranho Sr. Hyde, que praticamente atropelou uma menininha na rua e depois matou o Sr. Carew com uma bengala.

Edward Hyde – Homem de estatura baixa e comportamento agressivo. Vive sob a proteção do Dr. Jekyll. Agride uma criança na rua, fato que será revelado bem no início da história. Depois, mata a bengaladas o Sr. Carew e é perseguido pela polícia. Acaba desaparecendo por um tempo, mas é encontrado no final dentro do gabinete do Dr. Jekyll.

Dr. Jekyll – Médico importante da sociedade inglesa. Amigo de Utterson, ele passa a apresentar um comportamento estranho, rompe com os colegas médicos e inclui como herdeiro em testamento o misterioso Sr. Hyde. A ligação dele com esse criminoso vai se tornando cada vez mais prejudicial. Na época do assassinato do Sr. Carew, Jekyll está fraco e doente, mas vai melhorar com o passar do tempo. Ele volta então a receber os amigos e retoma as atividades, mas logo se afasta de novo do convívio das pessoas, e a saúde vai piorando, até que se retira totalmente da vida social.

Dr. Lanyon – Médico, antigo amigo do Dr. Jekyll e do Sr. Utterson. No início da história, ele já rompeu relações com Dr. Jekyll por causa das experiências científicas incomuns do colega médico. Após uma breve reconciliação com Jekyll, os dois voltam a romper, e desta vez o Dr. Lanyon acaba ficando muito doente.

Poole – Mordomo do Dr. Jekyll.

Danvers Carew – Senhor de idade, da elite londrina, morto a bengaladas pelo Sr. Hyde.

Newcomen – Inspetor da Scotland Yard, famosa agência policial da Inglaterra. Encarregado de investigar o assassinato do Sr. Carew.

Guest – Auxiliar do Sr. Utterson.

Bradshaw – Outro dos criados do Dr. Jekyll.

Toda a história se passa em Londres, capital da Inglaterra. As cenas transcorrem primeiro numa pequena rua no centro da cidade, perto de uma praça; depois passam a acontecer dentro das casas dos personagens.

O MÉDICO E O MONSTRO

CAPÍTULO 1 – A HISTÓRIA DA PORTA

O advogado conhecido pelo sobrenome Utterson era um sujeito fechado, que quase não sorria. Ele era alto, magro e calado. Mas sabia também ser amável. Nas reuniões com as pessoas amigas, revelava o lado afetuoso. Além disso, costumava ser tolerante com a fraqueza dos outros. Por essa razão, muitas pessoas que se viam perdidas na vida procuravam Utterson.

Um dos amigos de Utterson era Richard Enfield, e os dois costumavam passear nos domingos. Num desses passeios os dois foram parar numa rua deserta, apesar de estarem no centro de Londres. Era uma rua curta e sossegada. Caminharam e chegaram a um prédio estranho, de dois andares, malcuidado, sem janelas e com uma porta já muito gasta.

– Você já reparou naquela porta? – perguntou Enfield.

Utterson fez que sim com a cabeça.

– Lembro bem de uma coisa muito estranha que aconteceu aqui perto dessa porta.

– É mesmo? E o que foi?

Enfield contou:

– Uma vez eu estava voltando para casa, às três da manhã, em pleno inverno. As ruas estavam abandonadas. De repente eu vi duas pessoas: um homem baixo, que avançava para um lado, e uma menina de uns oito anos, correndo para o outro. Os dois se chocaram na esquina, e então eu vi uma coisa horrível. O homem pisoteou a menina, e ela ficou chorando no chão. Eu soltei um grito e saí

O homem pisoteou a menina.

correndo, agarrei o malvado pelo colarinho e arrastei o sujeito até um grupo de pessoas que tinha vindo ajudar a criança.
— E então? — quis saber Utterson.
— O homem ficou calmo. Chegou a família da menina. Mandaram chamar um médico, mas na verdade ela não estava ferida, tinha sido mais o susto. E a história poderia terminar aqui, mas não. Porque foi então que aconteceu algo muito curioso.
— O quê?
— O médico, que parecia um homem comum, ficou branco quando viu o agressor. Eu posso jurar que o doutor queria acabar com a vida dele. As mulheres em volta começaram a xingar aquele homem baixo e a exigir uma quantia em dinheiro para indenizar a menina. Eu e o médico apertamos o homem para fazer ele pagar.
— E o que tem a porta a ver com isso?
— Justamente, Utterson. O homem baixo se aproximou dessa porta horrível ali, puxou uma chave do bolso e abriu. Logo voltou lá de dentro com uma quantia em ouro e um cheque ao portador. Eu vi que a assinatura era de uma pessoa bastante conhecida, um homem famoso, que aparecia bastante na imprensa, mas eu não posso dizer quem era. Todo mundo ficou desconfiado, achando que o cheque era falso. Mas o homem se dispôs a esperar com a gente até o banco abrir.
— E vocês?
— A gente aceitou. Eu levei o agressor até a minha casa. Na manhã seguinte, a surpresa: o cheque era quente.
— Veja só!

– Exatamente. Aquele homenzinho horroroso carregava o cheque de uma das mais importantes figuras da nossa sociedade. Aquilo só podia ser um tipo de chantagem, eu pensei. Talvez algum crime no passado, na juventude, que agora servia de motivo para chantagem. Por isso, agora, quando eu passo por aquela porta, sempre digo que é a Casa da Chantagem.

– E será que o figurão mora ali mesmo? – perguntou Utterson.

– Num lugar como este? Não, me parece que ele mora perto de uma praça. Eu não quis descobrir. Em certos assuntos é melhor a gente não se meter.

– Uma sábia decisão.

Os dois amigos continuaram a caminhada.

– Mas sabe, Enfield – disse o advogado –, eu precisava fazer uma pergunta para você e agora me lembrei. Você sabe me dizer o nome do sujeito que pisoteou a criança?

– Ele se chamava Hyde.

– Que tipo de homem é esse Hyde?

– Ele tem um jeito repugnante. É antipático e parece meio deformado. Na verdade é muito difícil dizer como ele é fisicamente.

– Você tem certeza que ele tinha a chave? Não me olhe assim, Enfield. Eu pergunto isso porque acho que sei o nome da pessoa que assinou o cheque.

– Então vamos combinar uma coisa – concluiu Enfield. – Não vamos mais falar desse assunto. Eu nem devia ter contado nada. É preciso ser discreto.

– Está bem, você tem a minha palavra: vamos parar de falar disso – disse Utterson.

CAPÍTULO 2 – À PROCURA DO SR. HYDE

Nessa mesma noite, Utterson voltou para casa, uma casa de solteirão, num profundo mau humor. Depois do jantar, ele foi até o cofre e retirou o **testamento** do Dr. Henry Jekyll, um médico rico e famoso, para re-

| Documento que diz o que a pessoa quer que seja feito depois que ela morrer com os bens que ela tinha em vida. |

ler as **cláusulas** do documento. Ali estava escrito que o **beneficiário** era o Sr. Edward Hyde. Se o doutor não fosse visto em três meses, o Sr. Hyde herdava todos os bens. O advogado não conseguia conter o horror de saber que aquele homenzinho tão desprezível, o sujeito da história contada por Enfield, era o herdeiro de tudo. Revoltado, ele vestiu o capote e resolveu ir até a Praça Cavendish encontrar um amigo, o Dr. Lanyon. Se alguém podia explicar alguma coisa do testamento, esse alguém era o Dr. Lanyon, médico.

> *Cláusulas* são os itens, os elementos que ficam escritos no testamento.

> *Beneficiário* é quem recebe os bens da pessoa que fez o testamento.

O **mordomo** do amigo reconheceu Utterson. Sem demora, levou o advogado até onde estava o médico. Os dois se cumprimentaram. Após falarem sobre várias coisas, Utterson comentou a preocupação que tinha:

> Empregado que distribui as tarefas e chefia os outros empregados de uma casa.

– Eu acho que nós dois devemos ser os amigos mais antigos de Henry Jekyll.

– Bom mesmo era se a gente fosse os amigos mais jovens dele – sorriu Lanyon. – Mas por que você está falando dele?

– Eu achei que vocês tivessem muitos interesses em comum.

– Faz dez anos que o Jekyll tem se comportado de modo estranho. Eu acho que ele não anda bem da cabeça. A gente tem se visto muito pouco. Ele anda entregue a tolices que não têm nada de científicas.

– Você conhece um protegido de Jekyll, um tal Sr. Hyde?

– Nunca ouvi falar.

Foi essa informação que o advogado levou para a cama naquela noite. Logo ele estava com uma insônia terrível. Às seis da manhã, ouviu os sinos da igreja. Antes, o problema do caso era entender com a razão como tudo tinha acontecido, mas agora era com emoção que não conseguia afastar da cabeça dele a cena do demônio pisoteando a criança. Utterson ficou vendo em sua mente aquela rua escura e o Sr. Hyde, por toda a madrugada. E logo depois ele lembrava do Dr. Jekyll. Aos poucos foi se formando no espírito do advogado uma curiosidade irresistível de ver com os próprios olhos

Utterson ficou com a imagem da rua escura na mente por toda a madrugada.

o tal Sr. Hyde. "Se eu vejo esse homem, eu sou capaz de descobrir o mistério", ele pensou. "Quem sabe eu consigo entender o que aconteceu com o meu amigo e descubro qual é a razão para esse estranho testamento?"

A partir do dia seguinte, Utterson começou a passar com frequência pela ruazinha onde ficava a Casa da Chantagem. "Se esse Sr. Hyde andar por aqui, eu vou encontrar o sujeito", pensou o advogado.

E a paciência foi recompensada. Numa noite fria e limpa, quando as lojas já estavam começando a fechar, e a rua estava vazia, o advogado sentiu a aproximação de passos. Viu que o sujeito puxava a chave do bolso para entrar na mesma porta que o Enfield tinha indicado.

Utterson se aproximou e tocou o ombro do homem:
– Sr. Hyde? – ele perguntou.
– O que você quer? – disse o homem, a contragosto.

– Eu vejo que o senhor vai entrar. Eu sou um velho amigo do Dr. Jekyll. Sou o advogado encarregado dos negócios dele. Meu nome é Utterson. Esta é a porta secundária da casa de Jekyll, não é? Então, já que o senhor vai entrar, eu pensei que eu podia aproveitar para fazer uma visita.

– Você vai perder o seu tempo. Ele não está.

– O senhor podia me fazer um favor?

– Diga.

– Posso ver o seu rosto na luz?

O Sr. Hyde ficou em dúvida. Depois ergueu o rosto, e os dois ficaram se encarando por um tempo.

– Agora eu já posso reconhecer o senhor – disse o advogado.

– Sim, e se quiser posso também dizer meu endereço – então falou o nome da rua e o número da casa, que ficava em outro bairro. – Mas me diga uma coisa. Como foi que você me reconheceu? – perguntou Hyde.

– Pelas descrições.

– Que descrições?

– A gente tem alguns amigos em comum.

– Amigos? Que amigos?

– Jekyll, por exemplo – disse o advogado.

– Ele nunca ia falar de mim para você. Isso é mentira.

– Alto lá! Acho bom o senhor me tratar com respeito!

Hyde deu uma grande gargalhada, abriu a porta e entrou na casa. O advogado ficou um tempo ali de pé, sem entender nada. Tinha ficado muito inquieto com a figura de Hyde, que às vezes nem parecia ser humano. Utterson então caminhou pela rua, contornou a esquina e bateu na porta principal da casa do Dr. Jekyll, que ficava diante de uma praça. Como ele conhecia um empregado, ia tentar descobrir se Jekyll não estava mesmo por ali.

Após a batida, um velho bem-vestido abriu a porta:

– O Dr. Jekyll está em casa, Poole? – perguntou Utterson.

– Eu vou ver. Aguarde um momento.

Pouco depois, o empregado voltou dizendo que Jekyll havia saído.

– Poole, eu vi o Sr. Hyde entrar pela velha porta lateral. Ele tem permissão para fazer isso quando o Dr. Jekyll não está em casa?

– O Sr. Hyde tem uma chave.
– Parece que o seu patrão confia bastante nele.
– Sim. O Dr. Jekyll mandou todos aqui obedecerem às ordens do Sr. Hyde.
– Será que ele já esteve num dos jantares com Jekyll?
– Não, senhor. O Sr. Hyde geralmente entra e sai pelo laboratório.
– Boa noite, Poole. Obrigado.
Utterson saiu dali pensando que o Dr. Jekyll devia estar confuso para se envolver com uma pessoa como o Sr. Hyde. E pensou que, se Hyde sabia o que estava escrito no testamento, o Dr. Jekyll podia correr muito perigo.

CAPÍTULO 3 – DR. JEKYLL ESTAVA BEM TRANQUILO

Quinze dias depois, o Dr. Jekyll ofereceu um daqueles jantares agradáveis que ele costumava oferecer, reunindo os amigos mais próximos. Utterson deu um jeito de ficar um pouco mais, depois que os outros já tinham ido embora. Como Jekyll gostava do sério advogado, os dois ficaram de conversa perto da lareira.
– Eu quero falar com você faz tempo, Jekyll – disse Utterson. – Eu não consigo entender, de jeito nenhum, aquele seu testamento.
– Ah, meu pobre Utterson. Eu nunca vi um homem tão preocupado com um testamento como você. Pior que essa sua preocupação, só a de Lanyon com as minhas loucuras científicas. Não faça cara feia, ele é um ignorante, um sujeito afetado. Sabe, eu nunca me iludi tanto com uma pessoa como me iludi com o Lanyon.
– Você sabe que eu nunca vou achar bom fazer um documento como aquele – disse o advogado, voltando ao assunto.
– O meu testamento?
– Sim.
– De fato, você já me falou a respeito disso.
– E não custa repetir. Ainda mais depois do que eu soube sobre esse jovem Hyde.
O rosto do Dr. Jekyll empalideceu. Os lábios perderam a cor.

– Eu não quero ouvir nem mais uma palavra sobre isso. Esse assunto está morto e enterrado.
– Mas eu soube de uma coisa horrível.
– Isso não faz nenhuma diferença. Você não entende a minha situação. Caro Utterson, a minha posição é muito estranha, muito estranha mesmo.
– Jekyll, meu amigo, você me conhece, eu sou da sua confiança. Me conte o seu segredo. Vamos ver se eu não posso ajudar.
– É muita bondade sua oferecer ajuda. Eu confio em você mais do que em qualquer outra pessoa. Fique tranquilo, é só o que eu posso dizer. No momento certo, você vai ver, eu vou me livrar do Sr. Hyde. Eu dou a minha palavra. Mas, no momento, esse assunto é particular, entende? Particular.
– Tudo bem. Mas eu não posso fingir para você que me agrada esse Sr. Hyde.
– Eu não estou pedindo que você goste dele. Sei que vocês se encontraram; ele mesmo me contou. Eu só quero que você me garanta que os direitos dele vão ser respeitados quando eu não estiver mais neste mundo. Você promete que vai cumprir as minhas vontades?
– Bem, se é assim, eu prometo.

CAPÍTULO 4 – O ASSASSINATO DE CAREW

Por volta de um ano depois daquele jantar, Londres foi abalada pela notícia de um crime feroz e tenebroso, envolvendo uma vítima da alta sociedade.

Uma criada que vivia sozinha, numa casa perto do rio e observava a noite da janela do quarto, viu dois homens andando: um deles era um senhor de idade, de cabelos brancos e boa aparência; o outro, que vinha vindo encontrar o primeiro, era um cavalheiro de baixa estatura, que ela mal reparou num primeiro momento.

Assim que os dois se encontraram (e isso se deu debaixo da janela da criada), o velho se inclinou e tratou o outro com bastante cortesia. Não parecia uma conversa importante. Quando os rostos se iluminaram, a moça pôde reconhecer o sujeito baixo: era o Sr.

Hyde, que uma vez tinha visitado o patrão dela. Ele trazia na mão uma grande bengala. Não falou nada, mas parecia ouvir o outro.
    Então, de repente, o Sr. Hyde teve um acesso de fúria, batendo os pés e erguendo a bengala de um modo ameaçador. O senhor de idade recuou um passo, surpreso e ressentido. Nisso, o Sr. Hyde perdeu o controle e deu uma bengalada no homem mais velho. Depois ele começou a pisotear a vítima, dando uma chuva de pancadas. "Dava para ouvir os ossos estalarem", a moça mais tarde ia dizer.
    Para terminar, o Sr. Hyde empurrou o corpo pela calçada. A cena fez a moça desmaiar. Quando ela recuperou a consciência, chamou a polícia. O assassino tinha fugido, mas a vítima continuava estendida no chão. A bengala tinha sido abandonada, partida ao meio. Sobre o cadáver tinham ficado uma bolsa e um relógio de ouro, mas nenhum documento, a não ser um envelope fechado e selado, que

A vítima ficou estendida no chão, ao lado da bengala partida ao meio.

talvez o velho homem agora morto fosse levar para o correio. Nesse envelope estava escrito o nome do Sr. Utterson.

Na manhã seguinte, o envelope foi entregue para o advogado logo cedo. Ao saber do assassinato, Utterson disse:

– Eu só vou me pronunciar depois de ver o corpo. Isso só pode ser coisa muito grave. Só vou demorar uns minutos para trocar de roupa.

Pouco depois, ele se dirigiu até a delegacia de polícia. Logo que entrou na sala onde estava o cadáver, Utterson balançou a cabeça:

– Eu sei quem é a vítima. Trata-se do Sr. Danvers Carew.

– Ah, meu Deus! – exclamou o funcionário da polícia. – Será possível? Este caso vai dar muito o que falar. Talvez o senhor possa nos ajudar a prender o criminoso.

Em poucas palavras, o funcionário contou o que tinha ouvido da criada e mostrou a bengala quebrada. Utterson estremeceu quando ouviu o nome do Sr. Hyde. Além disso, não havia dúvidas: a metade da bengala recolhida na cena do crime era do Dr. Jekyll.

– Esse tal Sr. Hyde é uma pessoa de baixa estatura? – perguntou o advogado.

– Sim, e tem um aspecto cruel, pelo que a testemunha nos contou – respondeu o funcionário.

Depois de refletir um instante, Utterson disse:

– Se o senhor quiser me acompanhar, eu posso levar o senhor até a casa desse homem.

Utterson tinha anotado o endereço de Hyde daquela vez em que se encontraram. Sua casa ficava no bairro do Soho. Quando o carro

parou na frente do local, o nevoeiro que tinha coberto a cidade desde cedo já tinha levantado. Ao chegarem lá, uma velha abriu a porta e confirmou que o endereço estava correto, mas informou que o Sr. Hyde não se encontrava ali. Segundo a mulher, aquilo era comum: o homem sumia e reaparecia sem qualquer razão.

– Muito bem – disse o advogado. – De qualquer maneira, nós queremos ver o quarto dele.

– Impossível – respondeu a mulher.

– A senhora sabe quem é este senhor aqui do meu lado? É o Inspetor Newcomen, da **Scotland Yard**.

O rosto da mulher se iluminou:

– Então o Sr. Hyde está envolvido em confusão. O que foi que ele fez?

A *Scotland Yard* é a sede central ou quartel-general da Polícia Metropolitana de Londres.

– Faça a gentileza de nos deixar entrar.

O Sr. Hyde ocupava duas peças da casa, que estava vazia. E as duas peças pareciam ter sido reviradas, como se alguém tivesse passado por ali com pressa. Roupas espalhadas pelo chão, gavetas abertas, muitos papéis queimados. Das cinzas, o inspetor de polícia puxou um talão de cheques que não havia queimado completamente. A outra metade da bengala estava atrás da porta. Aquilo confirmava todas as suspeitas.

Depois de saírem, os dois passaram no banco, onde descobriram que a conta do assassino tinha milhares de **libras**.

– Acredite em mim, Sr. Utterson. Esse homem está nas minhas mãos – disse o Inspetor, com satisfação.

Libra é a moeda usada na Inglaterra.

A verdade é que as coisas não foram assim tão fáceis. Pouca gente conhecia o Sr. Hyde. Mesmo a criada só tinha visto o homem poucas vezes. Não existia sequer uma fotografia dele, e ele não tinha parentes. Além disso, ninguém era capaz de descrever o Sr. Hyde de maneira clara. Apesar disso, todos diziam que ele tinha algum tipo de deformação.

CAPÍTULO 5 – O EPISÓDIO DA CARTA

Utterson chegou na casa do Dr. Jekyll no final da tarde. Poole, o mordomo, conduziu o visitante pela cozinha e pelo pátio até o laboratório, que tinha aquela porta estranha que dava para a pequena rua. Era a primeira vez que Utterson era recebido naquela parte da casa do amigo.

Utterson observou a construção sem janelas, prestando atenção nos tubos de ensaio e nos frascos de vidro com ingredientes químicos. Finalmente ele chegou até o gabinete do médico.

Era uma sala grande, mobiliada com um espelho e uma escrivaninha. A lareira estava acesa. Sentado perto do fogo, o Dr. Jekyll parecia terrivelmente doente. Não se levantou para receber o amigo, apresentando apenas a mão gelada num cumprimento de boas-vindas.

– Então, você já sabe das novidades? – perguntou Utterson.

O médico tremeu.

– Eu ouvi as pessoas gritando na praça.

– Eu preciso perguntar uma coisa para você. Carew também era meu cliente. Seja sincero, Jekyll. Você não é louco a ponto de esconder aquele sujeito por aqui, é?

– Eu juro, Utterson. Juro que nunca mais vou ver aquele homem outra vez. Eu dou a você a minha palavra de honra. Na verdade, ele precisa de ajuda. Da minha ajuda. Você não conhece o sujeito como eu conheço. Mas agora ele está a salvo, completamente a salvo. Grave o que eu digo: ninguém mais vai ouvir falar dele.

Aquelas palavras provocavam profunda tristeza no advogado.

– A sua posição é perigosa, Jekyll. Não se pode defender esse sujeito. Se o caso chegar nos tribunais, o teu nome vai estar envolvido.

– Eu tenho perfeita noção do perigo e estou seguro. Mas tem uma coisa, Utterson. Eu recebi uma carta e não sei se ela deve che-

gar nas mãos da polícia. Eu gostaria de entregar isso para você. Eu sei que você vai fazer a coisa certa. Eu confio totalmente na nossa amizade.
– Você tem medo que essa carta possa levar Hyde à prisão?
– Não. Pouco me importa o destino de Hyde. Eu não tenho mais nada a ver com ele. Eu estava pensando na minha reputação, que pode ser comprometida por esse negócio medonho.
– Então me deixe ver a carta – disse Utterson.
O papel estava assinado por "Edward Hyde". O conteúdo, em resumo, dizia que o Dr. Jekyll não devia se preocupar com a segurança dele, porque ele tinha meios de fugir da justiça e ficar em liberdade. Pedia ainda desculpas por ele ter usado tão mal os favores que tinha recebido do doutor.
No geral, a carta foi avaliada de modo positivo pelo advogado, porque deixava Jekyll menos comprometido com Hyde. Utterson chegou mesmo a se sentir culpado por ter suspeitado do doutor.
– Você ainda tem o envelope da carta?
– Eu queimei antes de saber o que era. Mas não tinha carimbo do correio. Foi uma carta entregue em mãos.
– Posso ficar com a carta, Jekyll?
– Faça o que você achar melhor. Eu já não confio mais na minha própria cabeça.
– Só mais uma coisa: foi Hyde quem ditou as cláusulas do seu testamento sobre um possível desaparecimento?
O médico quase desmaiou com a pergunta. Com muito esforço, concordou com a cabeça.
– Eu sabia – disse Utterson. – O plano dele era assassinar você, Jekyll, e você escapou por um fio.
– Foi uma lição, Utterson! Que lição!
E cobriu o rosto com as mãos.
Quando saiu, o advogado cruzou com Poole.
– Parece que o Dr. Jekyll recebeu uma carta hoje. Ele disse que foi entregue em mãos. O senhor lembra do mensageiro?
Poole respondeu com confiança:
– Só chegou correspondência pelo correio, e não tinha nenhuma carta pessoal.

Utterson voltou a sentir medo. A carta, então, devia ter chegado pela porta do laboratório. Talvez tivesse sido escrita no próprio gabinete. Se isso tivesse mesmo acontecido desse jeito, era preciso agir com mais cautela.

Enquanto Utterson voltava para casa, os jornaleiros gritavam na rua:

"Extra, extra! O terrível assassinato do Deputado Carew! Extra, extra!"

Utterson sentiu que a reputação do Dr. Jekyll podia ser arrastada para a lama com aquela notícia, caso fosse descoberta a relação do amigo com o horripilante Sr. Hyde.

Logo que chegou em casa, Utterson se reuniu com o secretário particular, o Sr. Guest. Talvez não existisse ninguém que conhecesse melhor o advogado; afinal, Guest trabalhava com Utterson fazia muitos anos. Perto do fogo, bebendo vinho, os dois comentaram os últimos acontecimentos, tentando traçar um plano para as próximas ações:

– Muito triste o que aconteceu com o Sr. Danvers Carew – disse Utterson.

– É verdade. As pessoas estão indignadas. Mas o assassino deve ser um louco – disse Guest.

– Me diga, Guest, qual é sua opinião sobre o caso? Veja aqui. Eu tenho um documento confidencial com a assinatura do assassino. Dê uma olhada.

Os olhos de Guest brilharam de satisfação. Ele ficou estudando o papel com atenção:

– Quem escreveu isto aqui não é um louco, mas a letra é bem interessante – disse Guest.

– Certo, quem escreveu esse documento é uma criatura muito estranha.

Neste instante, um criado entrou trazendo uma carta.

– É do Dr. Jekyll? – perguntou o secretário. – Acho que eu reconheci a letra. É algum assunto particular?

– Apenas um convite para jantar, por quê? – respondeu Utterson.

– Será que eu posso comparar as duas letras? – quis saber Guest.

O advogado passou o papel para o secretário, e os dois ficaram em silêncio.
– E então, Guest, por que você está comparando as letras?
– Bem, meu senhor, porque elas possuem uma incrível semelhança. A única diferença está na inclinação. Veja!
– De fato. Mas que coisa mais curiosa!
– Muito curiosa, como o senhor gosta de dizer.
– Escute, a história da carta fica entre nós, certo?
– Perfeitamente.

Depois que ficou sozinho naquela noite, Utterson guardou no cofre a carta que tinha recebido do Dr. Jekyll. Ele estava indignado. "Então Henry Jekyll falsifica a letra do Sr. Hyde para salvar o assassino. Que tipo de relação será essa entre os dois", pensou. "Como é que o meu amigo pode ajudar um assassino?"

E sentiu o sangue gelar.

CAPÍTULO 6 – O INCRÍVEL INCIDENTE COM O DR. LANYON

Muitos dias se passaram. Uma generosa recompensa foi oferecida pela captura do assassino do Deputado Danvers Carew. Ninguém, no entanto, tinha a mais vaga pista do paradeiro do Sr. Hyde. A polícia estava perdida. Desde que o pequeno e misterioso homem tinha saído de casa no Soho, ainda no dia do assassinato, não tinha mais sido visto por ninguém.

Aos poucos, a preocupação de Utterson com o amigo Jekyll foi diminuindo, e ainda mais quando o médico melhorou de saúde e voltou a receber os conhecidos para jantar. O Dr. Jekyll voltava mais uma vez a ser aquele **anfitrião** encantador, adorado por todos.

Anfitrião é o dono da casa que recebe os convidados para uma refeição, ou paga as despesas de um jantar, uma festa, etc.

No dia 8 de janeiro, Utterson foi jantar na casa do médico, com um pequeno grupo de amigos. Entre eles estava o Dr. Lanyon, e as diferenças entre ele e Jekyll pareciam resolvidas.

No dia 12 e também no dia 14, a casa de Jekyll esteve fechada para Utterson. Poole disse que o médico estava recolhido no quarto.

No dia 15 ocorreu o mesmo, com a mesma desculpa. O advogado voltou a ficar nervoso. Parecia que o amigo estava voltando para o isolamento de antes.

Na noite do dia 16, Utterson ficou jantando em casa, na companhia de Guest. No dia 17, foi até a casa do Dr. Lanyon, onde pelo menos foi recebido. Mas qual não foi a surpresa de Utterson quando percebeu o estado do velho amigo! Lanyon, que sempre tinha sido corado e cheio de vida, parecia um homem condenado à morte. Era como se tivesse envelhecido da noite para o dia. Estava enrugado, pálido, a carne flácida.

Mas esses sinais físicos não foram o principal motivo de surpresa para Utterson. Ele também notou alguma coisa no olhar do outro. Também os modos eram de alguém que tinha sofrido um grande terror espiritual. Quando Utterson comentou que estava achando o amigo muito abatido, Lanyon disse:

– Eu tive um choque terrível e nunca vou conseguir me recuperar. Eu estou condenado. Minha vida já era.

– O Dr. Jekyll também está doente, você sabe disso?

A expressão no rosto de Lanyon mudou totalmente.

– Nunca mais pronuncie o nome de Jekyll nesta casa – disse Lanyon. – Eu rompi definitivamente com ele. Para mim, ele é um homem morto.

– Por Deus... – deixou escapar Utterson. – Bem, amigo, posso ajudar você em alguma coisa? Será que eu não posso ajudar numa reconciliação? Afinal, nós três somos velhos amigos.

– Não tem o que fazer. Se quiser saber, vá perguntar para o próprio Jekyll!

– Como? Ele nem me recebe.

– Isso não me surpreende – disse Lanyon. – Depois que eu morrer, Utterson, talvez você descubra a verdade desta história. Agora eu não posso falar nada. Se você quiser, no entanto, falar sobre outros assuntos, tudo bem. Mas não repita o nome dele.

Mais tarde, quando chegou em casa, Utterson se sentou e escreveu uma carta para o Dr. Jekyll, reclamando do comportamento do médico. No dia seguinte recebeu uma resposta, em que o médico dizia que o Dr. Lanyon estava certo sobre a briga dele, e que não

tinha mais nenhuma chance de um reencontro entre os dois médicos. Jekyll pedia ainda que Utterson deixasse ele seguir sozinho pelo caminho tenebroso que estava trilhando. "Eu atraí para mim um castigo e um perigo que eu nem consigo descrever", seguia a carta. "Só tem uma coisa que você pode fazer agora, Utterson: respeitar o meu silêncio."
O que podia ter acontecido?, perguntava o advogado. O criminoso Sr. Hyde tinha sumido, e o Dr. Jekyll tinha voltado a ser a boa pessoa que era antes. Mas agora, assim, de uma hora para a outra, a vida do médico voltava a ficar complicada. O que será que estava por trás da mudança tão imprevista, que parecia uma loucura?

Uma semana depois, o Dr. Lanyon caiu de cama. Em menos de quinze dias, ele estava morto.

Na noite depois do enterro, o advogado se recolheu no gabinete, cheio de tristeza. Ali estava uma carta, selada e assinada pelo amigo morto. Era para ser aberta só por ele, Utterson. O advogado teve medo de abrir o envelope, mas reuniu toda a coragem e rasgou o papel.

Dentro, surpresa: tinha outro envelope! Nele estava escrito à mão o seguinte: *Só deve ser aberto após a morte ou o desaparecimento do Dr. Henry Jekyll.*

Maldita palavra, pensou Utterson: *desaparecimento*. No testamento de Jekyll, lá estava a mesma palavra: *desaparecimento*. E tudo graças ao tal Sr. Hyde. E agora ainda esta carta escrita pelo Dr. Lanyon... O que tudo aquilo podia significar? Utterson sentiu uma forte vontade de abrir o envelope, de não respeitar o pedido do defunto. Mas lembrou da honra profissional, da lealdade para com o amigo morto. Então ele guardou o envelope bem no fundo do cofre. Tudo isso fez com que aumentasse ainda mais a curiosidade pelo destino do Dr. Jekyll.

Nos dias seguintes, quando passava em frente da casa do amigo, Utterson chegava e batia na porta, mas em nenhuma vez foi recebido pelo médico. Poole, o mordomo, comunicou as novidades, nada agradáveis. O criado disse que o Dr. Jekyll estava recolhido no gabinete e que praticamente não saía mais de lá. Até dormir ele dormia lá. Andava triste e silencioso.

Utterson se recolheu no gabinete para ler a carta do amigo morto.

Como as notícias sobre o amigo eram sempre iguais, Utterson acabou espaçando as visitas.

CAPÍTULO 7 – O INCIDENTE NA JANELA

Foi num certo domingo, quando Utterson dava o passeio de costume junto com o Sr. Enfield, que os dois foram pela pequena rua e pararam na frente da estranha porta.

– Pelo visto, a gente nunca mais vai ver o Sr. Hyde. Acho que aquela história terminou, não é mesmo?

– Sim, eu espero que sim – disse Utterson.

– Lembra daquela vez que a gente falou sobre isso? A história da menina pisoteada? Você deve ter me achado um imbecil por não saber, naquela época, que esta porta pertence à parte dos fundos da casa do Dr. Jekyll.

– Ah, então você descobriu?

– Sim, claro.

– Sabe, amigo, eu ando muito preocupado com o pobre Dr. Jekyll.

Foi então que ele avistou uma janela semiaberta, e ali, pela fresta, enxergou a figura de Jekyll. Os dois amigos caminhadores entraram no pequeno pátio para se aproximar.

– Jekyll, Jekyll – Utterson gritou. – Como você está?

– Nada bem – ele respondeu. – Na verdade, eu estou muito mal. Por sorte, isso não vai durar.

– Você devia sair um pouco, caminhar. Vamos, pegue um chapéu e nos acompanhe na caminhada.

– Você é muito gentil, mas isso não faz sentido. Eu até devia convidar vocês para entrarem, mas o meu gabinete não está em condições de receber ninguém.

– Bem, então a gente pode conversar pela janela.

– Era o que eu ia propor – disse Jekyll, com um pequeno sorriso no rosto.

Mas, de repente, o sorriso se transformou numa expressão de horror, e a janela foi imediatamente fechada. Os dois cavalheiros

que estavam na calçada sentiram o sangue gelar nas veias. Saíram do pátio sem dizer palavra.

Atravessaram a ruazinha em silêncio. Os dois estavam pálidos.

– Deus nos acuda! – exclamou Utterson. – Deus nos acuda!

CAPÍTULO 8 – A ÚLTIMA NOITE

Certa noite, enquanto estava sentado, como sempre, perto da lareira em casa, Utterson recebeu a visita de Poole.

– Nossa, o que traz você aqui, Poole? Aconteceu alguma coisa com o seu patrão?

– O Dr. Jekyll não está bem, senhor.

– Sente, Poole, e me conte o que está acontecendo.

– Sim, sim. O senhor sabe que ele anda afastado de todo mundo. Agora ele não sai mais do gabinete. Não sai para fazer nada. Eu estou com medo!
– Mas do que você tem medo, meu bom homem?
– Eu não aguento mais isso!
– Calma! – pediu o advogado. – Vejo que você está perturbado. Vamos, tente me dizer o que há de errado.
– Acho que aconteceu... que aconteceu um crime.
– Crime! – exclamou o advogado.
– Eu não posso falar mais nada, mas quero que o senhor venha ver com os próprios olhos.
Imediatamente, o advogado se levantou e vestiu o sobretudo. Lá fora fazia uma noite muito fria. Os dois foram caminhando pelas ruas desertas, Poole sempre uns dois passos na frente de Utterson. Em pouco tempo os dois estavam na casa do Dr. Jekyll.

– Bem, meu senhor. Chegamos.
– Vamos lá!
Poole bateu na porta, e ela se abriu lentamente. No saguão estavam reunidos todos os empregados do médico, parecendo um rebanho de carneiros. Vendo o Sr. Utterson, a cozinheira disse:
– Graças a Deus, o senhor está aqui.
– O que está acontecendo aqui? – perguntou o advogado, irritado.
– Se o patrão de vocês descobre esta bagunça, já viram o que vai acontecer. Ele vai ficar uma fera.
– Estão todos com medo, senhor – disse Poole. – Vamos, alguém me arrume uma vela.
Depois, o mordomo pediu que Utterson fosse junto com ele até o fundo do jardim interno.
– Tente não fazer barulho, meu senhor. E se o Dr. Jekyll convidar o senhor para entrar, não aceite.
Essa estranha observação provocou grande aflição em Utterson, mas logo ele sentiu a coragem voltar. Os dois chegaram onde começava uma pequena escada. O mordomo fez um sinal para que o advogado esperasse e subiu os degraus com a vela na mão. Bateu na porta do gabinete:
– O Sr. Utterson está aqui para ver o senhor, Dr. Jekyll.
– Diga para ele que eu não quero ver ninguém.
O mordomo desceu e conduziu o advogado de volta pelo pátio. Quando eles chegaram na cozinha, Poole perguntou:
– O senhor acha que aquela voz era a voz do patrão?
– Me pareceu muito mudada.
– Mudada? Mudada? Trabalho faz vinte anos para esse homem. Aquela não é a voz dele. O patrão está morto! Morreu faz oito dias, numa hora em que a gente ouviu o pobre Dr. Jekyll invocar o nome de Deus. É outra pessoa que está lá dentro. Por que é que essa pessoa está lá dentro? Isso é coisa sem explicação.
– Não tem cabimento, Poole. Isso parece uma daquelas histórias da carochinha. Mas tudo bem. Vamos supor que você esteja certo. Digamos que o Dr. Jekyll tenha sido assassinado. Por que razão o assassino continuaria ali?

De dentro do gabinete saiu uma voz estranha que não parecia ser a do Dr. Jekyll.

– Acredite em mim. Eu vou convencer o senhor. Escute o que eu tenho para dizer. Desde a semana passada, ele ou o outro homem que está lá vem pedindo um tipo de remédio que não existe. O patrão costumava escrever as receitas de remédio e jogá-las na escada para eu pegar. Também queria que a gente deixasse as refeições ali. Ele só sai para comer quando ninguém está vendo...
– Continue.
– Pois bem. Foi então que ele começou a jogar no pátio duas, três, quatro receitas por dia. Eu tive que revirar a cidade inteira para encontrar o tal remédio que ele pedia. Mas era só eu trazer o remédio, e ele logo mandava devolver, dizendo que não era puro ou que não fazia efeito.
– Você tem algum desses papéis?
Poole mexeu nos bolsos e tirou uma receita. Utterson pegou a vela para ler:

O Dr. Jekyll manda cumprimentos aos Srs. Maw e diz que a última amostra enviada é impura e não serve. O doutor solicita a gentileza de procurarem bem e enviarem qualquer quantidade do remédio certo. O preço não é problema. O remédio é de extrema importância.

Até ali a letra parecia escrita por uma pessoa equilibrada. De repente, porém, a tinta aparecia borrada e surgiam uns terríveis garranchos:

Pelo amor de Deus, entreguem qualquer quantidade do remédio original.

– É uma receita realmente estranha – disse Utterson. – Mas e como é que você está com ela?
– O empregado dos Maw me atirou esse papel como se fosse uma coisa imunda, furioso com a acusação de que eles estavam vendendo um remédio falso.
– Sem dúvida, é a letra do Dr. Jekyll.
– Parece sim, mas isso não importa, meu senhor.
– Como não importa?
– Eu vi o homem!

– Como assim?

– Eu vinha pelo jardim. Acho que ele saiu para procurar alguma coisa, porque a porta do gabinete estava aberta. Eu vi que ele vasculhava uns vidros e frascos. Quando eu cheguei, ele deu um grito e subiu correndo as escadas. Senhor, se aquele era o meu patrão, por que ele gritou daquele jeito? Por que ele tinha uma máscara no rosto?

– Acho que eu estou começando a entender o que está acontecendo. O seu patrão está doente, Poole. Uma dessas doenças que deformam o paciente. Por isso, a alteração na voz, essa máscara que você acha que viu, o afastamento dos amigos. Quem sabe ele não está atrás de uma cura? Por isso ele quer esse remédio. É um gesto de desespero. Isso explica tudo.

– Senhor! Aquele homem não era o meu patrão. Eu trabalho com o Dr. Jekyll faz vinte anos. Aquilo parecia um anão, não o Dr. Jekyll, que é alto. Para mim só pode ter ocorrido uma coisa: um assassinato.

– Se é assim, Poole, eu não posso mais respeitar a privacidade do seu patrão. Eu estou me sentindo na obrigação de arrombar a porta do gabinete para ver se essa sua suspeita tem fundamento.

– Temos um machado.

– Então vamos. Você sabe que a gente corre perigo, não é, Poole?

– Sim, senhor.

– Bem, é hora de dizer a verdade. Você conseguiu reconhecer o homem de máscara?

– Foi tudo muito rápido. Mas se o senhor me perguntasse se parecia o Sr. Hyde, eu acho que sim. Tinha mais ou menos o mesmo tamanho dele. Além disso, quem é que ia poder entrar pela porta do laboratório? Na época do assassinato do Sr. Carew, ele ainda tinha a chave. O senhor alguma vez encontrou o Sr. Hyde?

– Sim – disse o advogado. – Uma vez eu falei com ele.

– Então o senhor deve ter sentido o horror de estar na presença dele.

– Sim, era de gelar o sangue.

– Pois o meu sangue gelou quando eu vi aquela criatura mascarada. Eu sei que isso não prova nada, mas, por Deus, quero que um raio me fulmine se aquele não era o Sr. Hyde.

– Se isso for verdade, é provável que o Dr. Jekyll esteja mesmo morto. A gente precisa vingar a morte dele. Vamos chamar Bradshaw.

O outro criado acudiu, pálido e nervoso.

– Calma, Bradshaw. O Poole vai invadir o gabinete junto comigo. A gente queria que você estivesse a postos para qualquer coisa. Vá atrás de um ajudante e se armem de porretes, caso ele queira fugir.

Utterson, equipado com um atiçador de fogo, e Poole, com o machado, ficaram em posição de ataque na frente da porta. Passados dez minutos, que era o tempo para Bradshaw voltar, Utterson gritou:

– Jekyll?

Não veio resposta.

– Jekyll, abra a porta, senão a gente vai arrombar. Eu estou avisando.

– Utterson! – exclamou a voz. – Tenha piedade!

– Não é a voz dele, Poole. Vamos arrombar!

Poole deu um poderoso golpe com o machado, e a porta tremeu. Um grito horrível, que parecia de um animal, veio de dentro do gabinete. Poole deu mais uma machadada, mas a porta resistiu. Somente no quinto golpe a fechadura se rompeu.

O gabinete parecia em ordem. Se alguém entrasse ali, podia dizer que era o gabinete mais tranquilo de Londres. No centro da peça, se contorcendo no chão, estava o corpo de um homem. Reconheceram o rosto de Edward Hyde. Usava umas calças muito compridas, provavelmente do Dr. Jekyll. Os músculos do rosto ainda tremiam, mas dava para ver que a vida já tinha deixado aquele ser. Vendo um vidrinho quebrado e sentindo forte cheiro no ar, Utterson concluiu que o homem tinha tomado veneno para se suicidar.

– A gente chegou tarde demais. Hyde já prestou conta dos atos que cometeu – disse Utterson. – Agora só nos resta procurar o corpo do patrão.

Utterson e Poole examinaram tudo nos mínimos detalhes. Foram por todas as peças, e nada viram; andaram pelo lado de fora da casa, e tudo estava deserto. Parecia que ninguém andava por ali fazia muito tempo. Não encontraram Henry Jekyll em parte alguma.

Poole bateu com os pés nos ladrilhos do chão:
– Ele deve estar enterrado aqui – o mordomo falou.
– Ou então ele fugiu – disse Utterson.

No chão, encontraram uma chave enferrujada. Era a chave da porta que dava para a ruela.
– Parece que ninguém mais usou – disse Utterson.
– Como assim? O senhor não vê que a chave está quebrada?
– Ah, eu não consegui ver. Parece que foi pisoteada.
– Eu não estou entendendo nada, senhor – disse o mordomo.

Os dois subiram a escada em silêncio, olhando para o cadáver. Depois passaram a investigar o aposento. Eles repararam num enorme espelho.

– Que imagens este objeto não deve ter refletido – exclamou Utterson.

Sobre a mesa, os dois encontraram as sobras de uma experiência química.
– Veja, Sr. Utterson. Esta era a droga que eu sempre trazia para ele.

Depois de olharem o restante do quarto, Utterson e Poole voltaram a reparar na mesa. Entre um maço de papéis que saía de uma gaveta, os dois viram um envelope grande. Nele estava escrito o nome do Sr. Utterson e dentro tinha uma grande quantidade de papéis. Entre os papéis estava um testamento, quase igual ao que o advogado tinha recebido seis meses atrás. Mas com uma alteração fundamental: em vez do nome de Edward Hyde como favorecido, estava o do advogado: Gabriel John Utterson. Ele olhou para Poole.

– Minha cabeça está girando, Poole. Jekyll não tinha motivo para fazer isso.

O segundo papel era uma nota bem curta, escrita à mão.

– Veja, Poole! Hoje mesmo ele esteve aqui, ainda estava vivo! Só pode ter fugido. Mas se ele fugiu, o Sr. Hyde pode não ter se suicidado. Será que o teu patrão não está envolvido em alguma coisa muito pior ainda?
– Por que o senhor não lê a nota?
– Tenho medo, Poole. Mas que Deus me ajude!
Utterson aproximou o papel dos olhos. A nota dizia o seguinte:

Meu caro Utterson,

Quando você ler esta nota, eu terei sumido, em circunstâncias inexplicáveis. Se você está lendo isto agora, fique sabendo que o meu fim é certo e que não tenho mais esperanças. Para tentar entender alguma coisa, leia primeiro a história que Lanyon me disse que ia escrever. Depois, leia a minha confissão.

Do seu amigo indigno e infeliz,
Henry Jekyll

– Tem um outro envelope por aí, Poole?
– Está aqui, senhor.
O criado passou um pacote volumoso para o advogado.
– Escute, Poole, ninguém deve saber destes papéis. Quem sabe nós ainda podemos salvar a honra do seu patrão? Agora são dez horas. Eu vou para casa examinar estes documentos. Antes da meia-noite, eu volto. Então a gente avisa a polícia.

CAPÍTULO 9 – A HISTÓRIA DO DR. LANYON

Utterson se preparou para ler primeiro o relato do Dr. Lanyon. Assim o médico contou tudo:

No dia 9 de janeiro, quatro dias atrás, eu recebi pelo correio um envelope registrado. Trazia a letra do meu colega e companheiro de escola, Henry Jekyll. Eu fiquei surpreso, porque a gente não tinha costume de trocar cartas. O conteúdo aumentou ainda mais o meu espanto. A carta dele dizia o seguinte:

Meu querido Lanyon,

Você é um dos meus amigos mais antigos. Apesar das nossas diferenças em questões de ciência, eu nunca deixei de acreditar na nossa amizade. Se você me dissesse que a sua vida depende de mim, eu abria mão da minha fortuna para ajudar você. Lanyon, minha vida, minha honra, minha razão, tudo está em suas mãos. Se você não me ajudar esta noite, eu estou perdido.

Peço a você que suspenda todos os compromissos e venha me encontrar. Poole, meu mordomo, vai estar esperando, com um serralheiro para arrombar o meu gabinete. Você deve entrar sozinho. Abra o armário marcado com a letra E. Pode arrombar se estiver fechado. Ali, na quarta gaveta de cima para baixo, tem uma série de coisas, pós, frascos de vidro e um caderno. Você deve levar para a sua casa a gaveta exatamente como encontrar. Esta é a primeira parte do serviço.

A segunda é a seguinte: você deve estar no seu consultório à meia-noite. Eu peço que você esteja sozinho. Um homem mandado por mim vai buscar a gaveta de volta. Isso é tudo. Só peço mais uma vez que você me ajude. Caso alguma coisa saia errado, vai cair sobre a sua consciência o peso da minha morte ou da minha loucura total. Eu confio em você. Me ajude nesta missão e me salve.

Do amigo,
H. J.

P.S. – Se alguma coisa falhar, você pode ter certeza que esta vai ser a última notícia de Henry Jekyll.

> *P.S.* é a abreviatura de *post scriptum*, expressão em latim que quer dizer "escrito depois". É usada para acrescentar alguma coisa depois do documento já ter sido assinado.

Quando eu terminei de ler a carta, eu tive quase certeza que o meu colega estava louco. Mas até ter certeza absoluta, eu me vi na obrigação de fazer o que ele pedia. Então eu fui direto para a casa de Jekyll. O mordomo me esperava. Ele também tinha recebido instruções por carta, e lá estavam um serralheiro e um carpinteiro. Nós chegamos juntos no gabinete do Dr. Jekyll.

Logo a gente viu que a porta ia ser difícil de arrombar. Depois de duas horas de trabalho, nós conseguimos entrar. Eu não demorei para encontrar a gaveta, nem para levar tudo dali para o meu consultório.

Quando eu cheguei, comecei a investigar o conteúdo da gaveta. Os pós químicos estavam bem arrumados, mas não com o cuidado que um farmacêutico devia ter. Isso era sinal que Jekyll tinha trabalhado com os materiais, fazendo substâncias compostas. Abrindo um dos papéis, eu encontrei o que me pareceu ser apenas um sal cristalino e branco. Havia também um frasco com um líquido vermelho-sangue, que eu não consegui identificar o que era.

Por fim eu encontrei um caderno de anotações, que tinha uma série de datas. As últimas anotações eram de um ano atrás. As datas eram acompanhadas, em geral, pela palavra "duplo". No começo da lista, seguida de muitos pontos de exclamação, aparecia escrito: "fracasso total!!!".

Eu não estava entendendo nada. Como é que aqueles objetos e aqueles produtos químicos podiam ser tão decisivos para o meu velho colega? E por que eu devia receber em segredo o sujeito que vinha buscar a gaveta à meia-noite? Quanto mais eu refletia sobre a situação, mais me parecia que Jekyll tinha ficado louco. Depois de mandar os criados dormirem, eu resolvi pegar um revólver, caso eu precisasse me defender.

Assim que os sinos de Londres deram as doze badaladas, eu ouvi uma batida leve na porta.
— Você vem da parte do Dr. Jekyll? — eu perguntei.
— Sim — alguém respondeu baixinho.
Eu abri a porta e vi um sujeito estranho, pequeno. Insisti para que ele entrasse e fui com ele até o meu consultório sem tirar a mão do revólver.
Quando nós dois chegamos na sala iluminada, eu pude ver melhor o sujeito. Ele tinha uma expressão horrível no rosto. Eu senti de imediato uma repugnância por tal criatura, e era como se a minha pressão caísse. Ele estava vestido de um modo ridículo. As roupas que ele usava eram muito grandes para o tamanho dele, as calças arrastavam no chão, e o casaco era bem folgado. Embora aquilo fosse mesmo ridículo, a situação não era para rir.
Ele estava agitado, nervoso, e foi tocando o meu braço. Logo perguntou:
— Onde está aquilo? Onde está?
— Calma, meu senhor. Faça a gentileza de sentar. A gente ainda nem se conhece.
Eu puxei uma cadeira para sentar e ele seguiu o meu exemplo.
— Eu peço desculpas, Dr. Lanyon. Eu fui mesmo muito impaciente. Eu estou aqui em nome do Dr. Henry Jekyll...
Ele botou a mão na garganta, como se fosse sofrer algum tipo de ataque.
— É sobre a gaveta — ele continuou. — A gaveta!
— Aqui está a gaveta, meu senhor, coberta por um lençol — eu disse, apontando para o chão.
Ele se lançou sobre ela, mas logo parou e botou a mão no coração. Eu podia ouvir o ranger dos dentes dele.
— Calma — eu disse.
Ele virou o rosto na minha direção e riu. Aquilo era mais uma careta medonha do que uma risada. Novamente desesperado, ele puxou o lençol que cobria a gaveta. Quando ele viu o que tinha dentro, suspirou com profundidade. Era um suspiro de puro alívio.
— Você tem uma **proveta graduada?** — ele perguntou.
Eu dei o que ele pedia. Ele me agradeceu, mediu algumas gotas da tintura vermelha e misturou com um dos pós. Foi quando a reação começou. O vermelho foi se tornando cada vez mais vivo e um

Uma *proveta* é um vaso de vidro em forma de tubo, usado para experiências em laboratório, para dosagens e misturas. "Graduada" quer dizer que esse tubo era marcado por riscos e números, para controlar as quantidades postas ali.

vapor começou a subir. Logo o composto ganhou uma cor púrpura e depois foi mudando, bem devagar, para um verde aguado.

O meu visitante acompanhou a mudança do composto com extrema atenção. Depois, sorriu e se virou para mim:

– Agora vem o momento decisivo – ele disse. – Você vai ser prudente e cauteloso ou vai deixar a curiosidade vencer? Eu posso ir para casa com o composto. Ou posso ficar aqui. Pense antes de responder. Eu vou acatar a sua decisão. Você pode continuar sendo um médico pacato, satisfeito por ter ajudado um amigo, enfim, feliz por ter cumprido a sua missão. Por outro lado, se você quiser que eu fique, você vai descobrir um mundo novo, de conhecimentos inacreditáveis.

– Meu senhor – eu disse, tentando parecer calmo –, com todo o respeito, mas o senhor não diz coisa com coisa. De todo modo, já que estamos aqui, eu proponho que a gente avance até o final.

– Muito bem, Lanyon. Mas lembre: o que está para acontecer deve ficar protegido pelo segredo médico, o segredo da nossa profissão. E agora eu vou provar para você, para você que sempre ficou preso na medicina tradicional, você que duvidou dos experimentos da **medicina transcendental**, qual é a medicina superior. Veja!

O visitante colocou a proveta na boca e bebeu o conteúdo de um só gole. Depois deu um grito. O homem cambaleou e se apoiou na mesa para não cair. Os olhos pareciam duas bolas de sangue. De repente, uma mudança aconteceu. Ele começou a inchar, o rosto ficou preto, e os traços foram mudando de forma.

> O livro chama de "*medicina transcendental*" as pesquisas estranhas que o Dr. Jekyll fazia e que o Dr. Lanyon não levava a sério. "Transcendental" se refere a experiências místicas, sobrenaturais.

No mesmo instante, eu pulei e fiquei contra a parede, me afastando dele.

– Meu Deus, meu Deus! – foi o que eu pude exclamar.

Aquele visitante desconhecido, baixinho e horrível, foi aos poucos se tornando outra pessoa. Diante de mim, inacreditavelmente, apareceu outro homem, mais alto e mais bem composto: era ninguém menos que o Dr. Henry Jekyll!

As coisas que ele me disse na hora seguinte eu não tenho coragem de colocar no papel. Mesmo agora eu ainda não sei se posso acreditar naquilo que eu vi. De toda maneira, era como se a minha vida tivesse sofrido um forte abalo. Depois disso eu não consegui mais dormir. Um terror mortal se tornou meu companheiro, dia e noite. Eu senti que os meus dias estavam contados.

Eu vou dizer só mais uma coisa, meu caro Utterson, você que vai ler estas minhas palavras: a criatura que entrou na minha casa naquela noite, segundo o que me confessou o próprio Jekyll, era o Sr. Edward Hyde, procurado em todo o país por ser o assassino do Deputado Carew.

CAPÍTULO 10 – A EXPLICAÇÃO COMPLETA DO CASO

Depois da leitura das impressionantes revelações do Dr. Lanyon, Utterson respirou fundo e começou a ler o manuscrito do próprio Dr. Jekyll, que escreveu assim:

Eu nasci herdeiro de uma grande fortuna, mas sempre fui inclinado para o trabalho. Como sempre respeitei os outros, eu parecia ter pela frente um futuro honrado. Na verdade, se eu tinha algum defeito de caráter, era a minha impaciência. Eu queria fazer coisas ousadas, mas estava sempre preocupado com a minha reputação. Logo cresceu uma separação dentro de mim, entre as coisas que eu fazia e as coisas que eu queria. Era como se a minha natureza se dividisse internamente em um lado bom e um lado mau.

Essa divisão me fez refletir sobre a dura lei da vida, que está na base de todas as religiões, de todas as crenças. Eu me dei conta que os dois lados da minha existência eram verdadeiros, tanto o bem quanto o mal. Eu me sentia sendo eu mesmo quando mergulhava nas mais vergonhosas experiências ou quando me dedicava ao trabalho como médico.

Aos poucos, a direção dos meus estudos científicos, que sempre seguiram para o lado do místico e do transcendental, foi iluminando esse conflito que tomava conta da minha alma. Era como se a cada dia eu estivesse mais próximo de descobrir a verdade. E a verdade é esta: o homem nunca é um só. Ele é sempre dois em um. E mais outros vêm por aí... No futuro, vão descobrir que a gente é mais do que dois, que somos uma multidão de cidadãos diferentes e em conflito.

Foi então que me ocorreu que o ideal era separar essas duas personalidades. Assim, o homem injusto que existia em mim podia ir adiante, livre para cometer todas as maldades, sem nenhum remorso. Com isso, o lado justo e correto de dentro de mim também ia ficar livre da culpa, trilhando um caminho puro. Para mim, a desgraça da humanidade era ter essas duas naturezas algemadas dentro de um só corpo.

Um dia, no laboratório, eu imaginei a solução. Descobri que alguns agentes químicos podiam arrancar de dentro do corpo cada uma dessas forças. Não vou entrar aqui nos detalhes sobre a minha fórmula. Primeiro, porque os resultados foram penosos, e no fim o fardo das minhas ações acabou se tornando ainda mais pesado sobre os meus ombros. Segundo, porque a minha descoberta se revelou incompleta.

Por muito tempo, eu resisti em botar em prática a minha teoria. Eu sabia que beber o composto colocava a minha vida em risco. Qualquer erro na dose podia ser fatal. Mas a tentação de ver se a descoberta funcionava me levou à ação. Fazia muito tempo que eu preparava a tintura. Comprei de um farmacêutico uma grande quantidade do sal que eu precisava.

Então chegou a noite maldita em que eu misturei os ingredientes e bebi a poção verde.

Eu comecei a passar muito mal, vomitei, senti os meus ossos rangerem, um terror mortal me dominou. Mas, em seguida, a agonia diminuiu, e foi como se eu me recuperasse de uma doença. Logo eu me senti renovado, como um jovem, cheio de energia. Eu sentia que a minha velha ousadia estava livre. Os freios da moral e da culpa já não existiam mais.

Naquela ocasião eu não tinha um espelho no meu gabinete. Este que eu vejo agora enquanto escrevo estas linhas foi trazido só mais tarde.

Eu decidi então me aventurar em meu novo corpo e atravessei o pátio. Eu era um estranho em minha própria casa. Fui até o meu quarto. Lá existia um espelho. Nele eu vi refletida a imagem do senhor Edward Hyde.

Dr. Jekyll misturou ingredientes e bebeu a poção verde.

O que digo a seguir não passa de uma teoria, mas é a maneira que eu tenho para explicar a diferença de tamanho entre mim e Hyde. Acredito que quando eu dei um corpo para o lado mau da minha natureza, ele era menos desenvolvido, menor, mais atarracado, feio e com um aspecto deteriorado. Por outro lado, era mais novo e mais leve do que o Dr. Henry Jekyll. Eu preciso confessar que aquela figura monstruosa não me causava nenhuma antipatia. Era uma parte de mim, só isso.

Eu notei, logo a seguir, que quando eu estava transformado no Sr. Hyde, ninguém podia se aproximar de mim sem sentir uma palpitação de terror. Acho que isso era fruto do reconhecimento que todos nós temos de nossa dupla natureza, uma identificação.

Naquela noite, depois de vagar pela minha casa, eu voltei para o gabinete e bebi mais uma vez a poção. Após muito sofrimento, eu voltei a ser o Dr. Henry Jekyll.

Então, eu me vi numa encruzilhada fatal. A poção não era uma descoberta nobre, nada disso. Ela apenas permitia, sem qualquer julgamento, que a natureza malvada pudesse sair de mim. A minha natureza perversa se chamava Edward Hyde. O problema é que a outra continuava a ser o conhecido Henry Jekyll, com a velha divisão entre bem e mal. O desejo de poder praticar o mal puro, e assim me livrar também da crescente velhice do corpo, fez com que eu me tornasse escravo de Hyde. Com um copo do composto que eu inventei, eu me livrava de mim mesmo. Finalmente eu estava me divertindo na vida.

Foi dessa maneira que eu acabei alugando a casa no Soho para Hyde morar. Além disso, instruí os meus empregados para darem total liberdade de trânsito para o Sr. Hyde. Depois, eu fiz aquele testamento que você estranhou tanto, meu caro Utterson.

Muitas pessoas, para salvar a reputação, contratam capangas para cometer os crimes que sempre quiseram cometer. Eu era o primeiro homem que podia fazer isso sem precisar de terceiros. Eu navegava no mar da liberdade.

Eu sou obrigado a confessar que os prazeres que eu buscava na pele do outro eram todos indignos. Quando eu voltava dos meus passeios noturnos como Sr. Hyde, eu sempre ficava espantado com a baixaria das minhas ações. Essa criatura chamada Sr. Hyde era completamente maligna. Todos os pensamentos dele eram egoístas, mesquinhos, sem piedade. Henry Jekyll por vezes olhava com surpresa para os atos de Edward Hyde, mas o que a criatura monstruosa fazia estava não apenas fora da lei, mas além de qualquer lei. Por isso, o médico relaxava a consciência. Aos poucos, o Dr. Jekyll passou a viver para consertar os estragos do Sr. Hyde.

Não vou entrar aqui em detalhes das vergonhas que eu passei. Eu sentia apenas que o castigo não ia demorar. E tudo começou naquele caso da menininha. Um dos passantes era seu conhecido, Utterson, e ele se juntou com um médico e com a família da criança. Eu cheguei a temer pela minha vida. No fim, Hyde teve que pagar uma boa quantia, com um cheque assinado por Henry Jekyll, para escapar da confusão. Foi quando eu me dei conta que Hyde precisava de uma assinatura diferente da minha, e então eu comecei a usar outra inclinação na minha letra.

Cerca de dois meses antes do assassinato de Danvers Carew, eu saí para uma das minhas aventuras tarde da noite e acordei, na manhã seguinte, com sensações estranhas. Demorei para descobrir o que era. Então eu reparei na minha mão: era a mão de Hyde. Ao me olhar no espelho, eu confirmei o horror: eu tinha dormido como Jekyll, mas tinha acordado como Hyde. Como podia ter acontecido essa transformação? Como eu podia encontrar remédio para aquilo? Mas o pior de tudo foi reconhecer pela mobília que eu estava no quarto de Hyde.

A manhã já ia alta. Eu tinha que voltar para o meu gabinete onde estavam os compostos químicos, enfrentar os meus criados que já estavam trabalhando. Como é que eu ia conseguir esconder a diferença de altura? Então eu lembrei, aliviado, que os meus empregados já estavam acostumados com as idas e vindas do meu outro eu. Causou estranheza a presença do Sr. Hyde àquela hora, mas o fato é que dez minutos mais tarde, depois de tomar a poção, o Dr. Jekyll já estava tomando o café da manhã.

Mesmo assim eu comecei a pensar que as coisas estavam fugindo do meu controle. Eu já não sabia se ia poder comandar as transformações. A quantidade de droga necessária também estava variando. Eu comecei a ter medo de não poder reverter o processo. Tudo parecia caminhar para a seguinte situação: eu perdia cada vez mais o meu lado Jekyll e me tornava cada vez mais o meu lado Hyde. Percebi que tinha que escolher um dos dois. E apesar de toda a juventude e toda a liberdade que Hyde despertava em mim, eu queria seguir sendo o velho e insatisfeito doutor, com os amigos e o trabalho. Se não, o risco era perder tudo o que existia de bom em mim. Por isso, parei de tomar a droga.

Mas aos poucos eu fui relaxando. A preocupação com o controle do meu segundo eu foi desaparecendo. Eu passei a sentir desejos estranhos, angústias, como se Hyde quisesse voltar a ser livre. Então, num momento de fraqueza moral, eu bebi mais uma vez a droga transformadora.

O demônio que estava trancado em mim finalmente saiu. Nunca antes eu tinha sentido com tanta força a inclinação para o mal. Deve ter sido isso que me fez atacar por tão pouco aquela pobre vítima. Ninguém em sã consciência ia cometer um crime daqueles.

Num acesso de violência e alegria, eu espanquei o corpo sem defesa, sentindo prazer em dar cada um dos golpes. De repente, no entanto, o meu coração foi sentindo o gelo do perigo, e eu percebi que a minha vida estava ameaçada. Corri para a casa do Soho e destruí todos os meus documentos. Eu precisava voltar a ser o Dr. Jekyll!

Enquanto eu preparava a poção, Hyde não parava de cantarolar de felicidade por ter matado um homem. Quando Jekyll retornou, os olhos estavam cheios de lágrimas. A minha alma se consumia no mais profundo remorso. Eu tentei me acalmar de todas as maneiras, mas as imagens do ato monstruoso não saíam da minha cabeça. Aquilo precisava acabar de vez: a existência de Hyde era impossível.

No dia seguinte, correu a notícia de que o assassino tinha sido identificado, que Edward Hyde era o único suspeito. Ali estava mais uma razão para prender Hyde dentro de Jekyll, para sempre. Eu resolvi então tentar compensar o crime agindo com a mais perfeita e pura conduta. Até que eu consegui fazer algumas coisas boas. Você mesmo, Utterson, é testemunha de como ajudei a aliviar os sofrimentos dos outros. Por dentro, porém, eu continuava dividido. A minha parte má continuava querendo sair.

Num momento de distração, enquanto eu estava sentado num parque pensando na vida, me dei conta que as minhas roupas estavam frouxas. Sem saber como, eu tinha voltado a ser o Sr. Hyde. E as minhas drogas estavam no gabinete. Mais uma vez eu me vi sem saber o que fazer. Se eu tentasse entrar pela porta principal, ia ser visto pelos empregados. Então eu pensei no Dr. Lanyon. Eu estava sendo procurado por um crime, era perigoso andar na rua. Mas como eu ia fazer para chegar até ele? Eu agora era uma criatura repelente e desconhecida do meu velho colega de medicina.

Foi quando eu me lembrei que a minha letra continuava igual. Ajeitei a minha roupa o melhor que eu pude e me hospedei em um hotel. Hyde estava praticamente fora de controle em toda a fúria e maldade, mas revelou muita inteligência e astúcia quando se viu pressionado. Ele redigiu duas cartas importantes, uma para o Dr. Lanyon e outra para Poole.

O que ele pediu para o Lanyon você já sabe, Utterson, e foi na sala do meu colega médico que eu voltei a mim. A verdade é que eu já não temia ser preso ou ser condenado à forca. O que eu temia era voltar a ser Edward Hyde. A condenação que Lanyon me fez não parecia mais do que um sonho.

Eu voltei para casa, para junto das minhas drogas. Eu estava feliz de ter escapado do perigo imediato. No entanto, quando eu estava passeando pelo pátio, aproveitando o ar da manhã, eu senti as indescritíveis sensações da transformação. Mal tive tempo de me refugiar no gabinete antes de me ver de novo no corpo do Sr. Hyde. Tomei uma dose dupla da droga para voltar a mim, mas, seis horas mais tarde, as dores da transformação voltavam. Se eu chegasse a dormir, um pouco que fosse, sempre acordava na pele do monstruoso Hyde.

Quanto mais fraco Jekyll ficava, mais forte parecia que Hyde ia ficando. Um ódio cada vez mais forte foi nascendo entre os dois, um ódio destrutivo, um ódio fatal.

Bem, eu sinto que o meu tempo está terminando, Utterson. Não tem sentido continuar descrevendo os meus tormentos, mas quero que você fique sabendo que ninguém sofreu isso assim antes de mim. O meu castigo ia continuar por muitos anos ainda, se não tivesse ocorrido a última desgraça: o meu estoque do sal, que eu não renovava desde a primeira experiência, começou a diminuir rapidamente. Eu mandei buscar mais, mas o que vinha da farmácia não funcionava. Você já deve saber que eu mandei percorrer todas as farmácias de Londres atrás de um sal que desse certo na minha fórmula. Mas tinha alguma coisa naquele primeiro sal, alguma impureza, que permitiu que a fórmula fosse tão eficaz. Nenhum sal novo funcionou.

Há quase uma semana eu sigo procurando um pó para a minha poção. Eu escrevo este depoimento com o resto do pó original. A não ser que aconteça um milagre, esta é a última vez que Henry Jekyll pode exprimir os pensamentos e ver o rosto num espelho. Eu não posso escrever mais. Se Hyde surgir enquanto eu estou aqui escrevendo, ele vai rasgar estes papéis. Mas se eu já tiver terminado, a fúria primitiva e o egoísmo do monstro vão fazer ele esquecer o que eu escrevi, e então esta confissão vai estar salva.

Será que Hyde vai morrer na forca? Ou vai ter coragem de se matar no último instante? Só Deus sabe. Pouco me importa. Minha morte chega agora. O que vier depois será do interesse dos outros.

Agora eu largo a **pena** e termino aqui a minha confissão. A vida do infeliz Henry Jekyll chegou ao fim.

Antigamente as pessoas escreviam com uma *pena* de alguma ave, que era molhada com tinta.

51

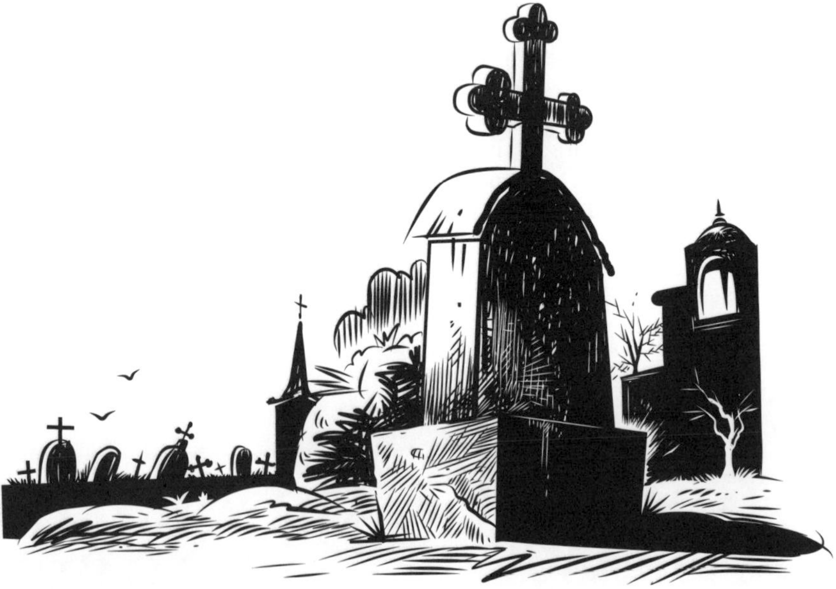

DEPOIS DA LEITURA

Este livro faz parte da coleção "É só o Começo", destinada a jovens e adultos neoleitores, recém-alfabetizados ou alfabetizados há mais tempo. O objetivo da coleção é diminuir a distância entre o leitor e o livro. Textos originais da literatura brasileira foram adaptados, reduzidos e enriquecidos com notas históricas, geográficas e culturais, inclusive mapas, para auxiliar na leitura e na compreensão do texto. Dados sobre a obra, a época em que foi escrita, o autor e também sobre os personagens são apresentados com esse mesmo fim: a aproximação prazerosa do leitor com o texto escrito.

Mas a leitura de um texto pode e deve ir além de tudo isso. Assim, para depois da leitura, oferecemos a você – leitor, animador cultural, professor, participante dos mais diferentes grupos – algumas ideias para pensar e para saber mais sobre o tema tratado no livro. São sugestões que você poderá utilizar se quiser e como quiser: elas podem se transformar num bom bate-papo amigo, num debate em grupo, num assunto para pesquisa ou num tema de redação. Você escolhe. Você inventa.

No caso das sugestões de outros livros, dvds, filmes e sites da Internet, sabemos que nem sempre todos terão acesso a esses materiais. Mas fica a sugestão. Talvez você encontre na sua região outros livros, outras imagens, outras músicas, relacionadas com a obra lida. O importante é que você possa ir além do texto, debatendo temas inspirados na obra, buscando novas fontes para pensar mais sobre o assunto e estabelecendo relações entre o livro e outros modos de contar histórias, como os do rádio e da televisão, por exemplo.

Acreditamos que este seja um bom começo para jovens e adultos sentirem a felicidade de embarcar na viagem das letras e – quem sabe? – aguçarem a curiosidade para buscar o texto original das histórias adaptadas, visitar bibliotecas, contar e criar histórias suas, encantar-se com a palavra e a imaginação.

PARA PENSAR

1. O TERROR

Ninguém precisa aprender na escola o que é o medo, porque se trata de um sentimento que todo mundo conhece, em alguma medida. Quando acontece em intensidade forte, o medo é chamado de terror.

Talvez por ser um sentimento comum a todas as pessoas, a literatura e as demais artes costumam abordar o assunto. *O médico e o monstro*, ao lado de outros livros como *Frankenstein* e *Drácula*, tornou-se um clássico em seu estilo por contar uma história que assusta a qualquer um de nós, porque concentra numa pequena história toda uma experiência que todos nós temos. No fundo, o que o livro de Stevenson faz é levar às últimas consequências uma pergunta incômoda: o que aconteceria se deixássemos aflorar os sentimentos maldosos que nos passam pela cabeça e pelo coração?

Stevenson inventou, então, um personagem que, através de experiências aparentemente científicas, conseguiu a façanha de deixar-se dominar pelo mal interno a cada um de nós. O interessante é que o autor não recorre a espíritos: seu personagem é um modelo de terror não porque seja vítima de forças extra-humanas, mas porque, como qualquer um de nós, traz dentro de si sentimentos agressivos que em geral não deixamos que apareçam, com a diferença de que o Dr. Jekyll vive na vida real transformado em Sr. Hyde.

Como você lida com os sentimentos maldosos que existem em cada um de nós? Você conhece histórias reais em que alguém acabou sendo dominado por essas forças?

Que diferença existe, para você, entre esses sentimentos internos e as influências externas? Quem tem bom domínio de sua interioridade consegue resistir a influências negativas?

2. A VIDA NAS GRANDES CIDADES

Quem vive em cidades grandes conhece uma das características mais fortes dessa condição: a possibilidade de viver anonimamente. Numa cidade de bom tamanho, uma pessoa pode trabalhar e fazer tudo que precisa sem se deixar conhecer muito pelos outros, e, portanto, mantendo sua vida privada fora do alcance das outras pessoas. Aliás, uma das atividades que a polícia das grandes cidades mais faz é justamente procurar pessoas que se escondem na própria cidade e podem muitas vezes viver muito tempo sem ser descobertas.

Nem sempre isso foi possível. Foi mais ou menos na época em que este romance foi escrito (1886) que começaram a existir cidades realmente grandes, porque, até então, o que mais acontecia eram cidades bastante pequenas, com uma população que de certa forma toda se conhecia, ao menos de vista, de nome, de cumprimento. Com a cidade grande, isso acabou; acabando isso, abriu-se chance para o anonimato, que tem um lado excelente (permite escapar do controle de gente aborrecida, por exemplo) e um lado problemático (permite que gente violenta se esconda e escape do controle da Justiça, por exemplo).

Um dos atrativos de *O médico e o monstro* tem a ver diretamente com essa questão: o problemático Dr. Jekyll pode realizar sua transformação, trocar de personalidade e de forma física, pode até mesmo manter outro endereço, diferente daquele em que vive como um médico correto, sem que isso seja conhecido mesmo por pessoas próximas dele.

Uma história como a do Dr. Jekyll poderia durar muito tempo, numa cidade grande? Que papel tem o acaso na vida de gente como ele, que mantém uma parte de sua rotina encoberta para quase todos os conhecidos?

Como você encara a vida nas cidades? Você conhece alguma outra experiência? Que comparações você estabelece entre os modos de vida possíveis numa cidade grande e em outro tipo de cidade?

Na sua experiência, só existem relações pessoais frias, típicas da cidade grande? Você tem experiência de relações pessoais diferentes? Em que círculos sociais isso acontece?

3. O PAPEL DA CIÊNCIA

Na época em que *O médico e o monstro* foi escrito e publicado, as ciências da natureza (a Biologia, especialmente) estavam tendo um desenvolvimento extraordinário. Alguns cientistas como Charles Darwin (que formulou a teoria da evolução das espécies) e Gregor Mendel (o grande inventor da Genética) ofereciam ao mundo explicações radicalmente inovadoras para enigmas da vida: como funciona e como é transmitida a vida humana.

As teorias deles e de outros grandes pensadores e pesquisadores levaram toda a intelectualidade, mas também os leitores comuns, a repensar os modos de explicar a vida humana, fosse a vida do corpo humano individual, fosse a vida dos seres humanos coletivamente. Algumas religiões foram confrontadas com novas maneiras de entender o universo e o ser humano, e aconteceram grandes conflitos nesse campo.

Mas essas mesmas teorias inovadoras abriram caminho para incríveis invenções de remédios e tratamentos, que abriram caminho para muitos procedimentos que hoje são rotineiros e salvam incontáveis vidas.

Qual é o papel da ciência na história do Dr. Jekyll? Ele era um verdadeiro cientista experimental?

Quais devem ser os limites entre a ciência e a vida cotidiana? Como se deve lidar com as limitações éticas que a ciência muitas vezes precisa confrontar para poder evoluir?

FILMES

O médico e o monstro, filme dirigido por Victor Fleming (1941). Uma das mais famosas adaptações do romance para cinema, reproduz a história do Dr. Jekyll acrescentando alguns personagens muito interessantes para a força da história.

Hulk. O famoso super-herói, que aparece em séries de televisão e em filmes, é uma das figuras dos últimos tempos que mais relações guarda com a história de Stevenson. Há um filme recente, dirigido por Ang Lee (2003).

O incrível monstro trapalhão. Filme-paródia feito no Brasil (1980), dirigido por Adriano Stuart, tendo como atores principais o famoso grupo Os Trapalhões (Renato Aragão e seus companheiros). Didi é o Dr. Jegue, que deseja ser o Super-Homem, mas a fórmula que inventa o transforma em um monstro parecido com o Hulk.

LIVROS

Frankenstein, de Mary Shelley (1818). Conta a história de um ser sem nome, inventado por Victor Frankenstein. O criador renega a criatura, que então acaba tendo que aprender sozinho as regras de convívio com os homens; maltratado por todos por sua feiura, o ser se revolta e passa a buscar vingança de seu criador. Disponível na coleção É só o Começo e também em versão integral, pela L&PM.

A ilha do tesouro, de Robert Louis Stevenson (1883). Outro clássico do mesmo autor, um relato empolgante da busca de um tesouro escondido numa ilha distante, tendo como protagonista um menino. Em versão integral, disponível pela L&PM.

IMPRESSÃO:

**GRÁFICA EDITORA
Pallotti**
IMAGEM DE QUALIDADE

Santa Maria - RS - Fone/Fax: (55) 3220.4500
www.pallotti.com.br